摩洛哥旅行记

Morocco

杨晓荣　著

哈尔滨出版社
HARBIN PUBLISHING HOUSE

图书在版编目（CIP）数据

摩洛哥旅行记 / 杨晓荣著 . — 哈尔滨 : 哈尔滨出版社 , 2021.4
ISBN 978-7-5484-3486-3

Ⅰ . ①摩… Ⅱ . ①杨… Ⅲ . ①游记—作品集—中国—当代 Ⅳ . ① I267.4

中国版本图书馆 CIP 数据核字（2021）第 033642 号

书　　名：摩洛哥旅行记
MOLUOGE LüXINGJI

作　　者：杨晓荣　著
责任编辑：韩伟锋　赵　芳
责任审校：李　战
封面设计：树上微出版

出版发行：哈尔滨出版社（Harbin Publishing House）
社　　址：哈尔滨市香坊区泰山路 82-9 号　　邮编：150090
经　　销：全国新华书店
印　　刷：武汉市金港彩印有限公司
网　　址：www.hrbcbs.com　　www.mifengniao.com
E-mail：hrbcbs@yeah.net
编辑版权热线：（0451）87900271　87900272
销售热线：（0451）87900202　87900203

开　　本：880mm×1230mm　1/32　印张：3　字数：67 千字
版　　次：2021 年 4 月第 1 版
印　　次：2021 年 4 月第 1 次印刷
书　　号：ISBN 978-7-5484-3486-3
定　　价：58.00 元

序

摩洛哥是一个旅游资源非常丰富的国家，政局稳定，人民友善，不论人文、气候还是地形地貌均变化多端。

本书会带着你，慢慢地去感受一个古老的神秘国度，让你跟随我的脚步，去欣赏大自然的瑰宝，去了解世俗化的伊斯兰文化以及阿拉伯文化，去了解异域的生活风俗，感受不一样的审美。

摩洛哥位于非洲西北端，东邻阿尔及利亚，南界西撒哈拉，西濒浩瀚的大西洋，北隔直布罗陀海峡与西班牙相望，扼地中海入大西洋的门户，海岸线长达 1700 多千米，中部和北部为峻峭的阿特拉斯山脉，东部和南部是撒哈拉高原，仅西北沿海一带为狭长低矮的平原。得益于温润的气候，摩洛哥植物多样，花木繁茂，享有“北非花园”的美称。

伊斯兰教是摩洛哥的国教，99% 以上的居民信奉伊斯兰教，主要为逊尼派；虽然已经世俗化，但是年龄略长的人们依然穿着传统的服装，特别是山区，路边街头可以看到男士着尖帽长袍，女士着黑色的裹头长袍。

摩洛哥的建筑大都具有浓厚的中世纪风貌，尖拱或尖顶穹窿，用陶瓷或玻璃拼成的几何纹样图案，颇具特色。特别是民居，我们住过的几家民宿结构都一样，门外极其普通，屋门很小，内部有天井，也可以叫院子。院子里有游泳池，室内房子很大，房间也很多，自然阳光照射进去，很明亮。四面墙用马赛克陶瓷镶嵌成五彩图案，天花板的图案是用雕花细木组合而成的。民居的室内装潢极其讲究，给人一种很豪华的感觉。

如此特色鲜明的异域风情，吸引你了吗？请翻开书页细细品味。

目 录

出发

我在20世纪90年代读大学时看过一部电影《北非谍影》，让我印象深刻，其中的歌曲《卡萨布兰卡》让我知道了一个城市；北非曾经有个美得倾国倾城的红头发古典美女萨尔玛王妃，她让我知道了摩洛哥这个国家。多年以来我一直对《一千零一夜》中一些传奇故事的发源地心中充满好奇。2018年我在策划春节旅行时在免签国家清单里看到了摩洛哥，立刻被深深地吸引，当即决定前往此地感悟阿拉伯文化。

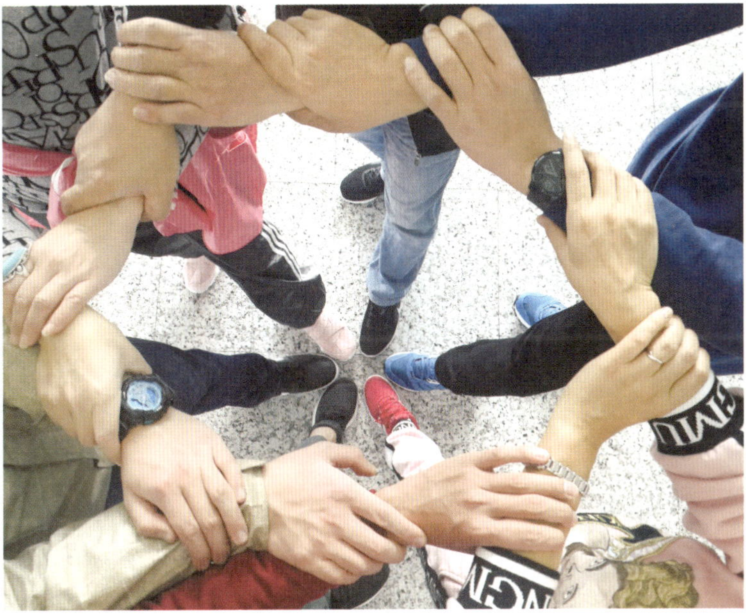

我们一行6人从广州出发，前往卡萨布兰卡，展开在摩洛哥的15日自驾之旅。旅行路线按照地图逆时针转一圈，最后回到卡萨布兰卡返程。春节前的白云国际机场T2国际登机口，人潮涌动，每个人的脸上洋溢着欢天喜地的表情。三五成群站着的人们眉飞色舞地聊着天，坐着的人们大都刷着手机，安静地等待登机。时不时出现的身着制服的空乘人员，排着队自信地走向登机口，准备先行登机为旅客服务。身材曼妙的空姐们穿行过人群，端庄高雅中不失妩媚，总会迎来人们的注目礼，有些旅客甚至拿起手机拍起了照片。出国度假的中国人非常多，估计有很多是像我一样为了避开国内的旅游人潮而选择外出。现在机场的信息化程度越来越高，如果你手持新版的护照便可以自助出入海关，非常方便快捷。

乘机11个小时到达沙特吉达机场转机。虽然是半夜，小小的机场人头攒动，挨肩叠背，极为拥挤。因为椅子太少，很多人或坐或躺在地上。作为亚洲去非洲的重要中转地，这样的机场实在不匹配，特别是毗邻宗教圣地麦加——伊斯兰教的创始人穆罕默德的诞生地和陵墓所在地，全球每年超过百万人来到这里朝觐，加剧了吉达机场拥挤的程度。

在吉达机场，我们看到了大大小小的华为广告牌，感到非常亲切。这里也体现了华为的优越性，我们6个人十多部手机，华为手机连

上机场 WIFI 的速度还是不错的，可以发微信，连上华为的天际通网速也很快；而苹果手机则自动判断机场 WIFI 不安全，完全连不上。由于伊斯兰国家禁酒，飞机上也不允许带酒。我们在机场看到好多中国人带了酒，应该是在中国出发时带了两瓶准备在国外庆祝春节时助兴的，结果在转机安检的时候全部被没收了。出门前还是非常有必要了解清楚自己的目的国以及经转国，以及那些国家的航班是否能带酒等物品，避免造成损失。

转机后继续飞行将近 8 个小时，飞越半个地球到达卡萨布兰卡。第一印象感觉摩洛哥人的长相偏欧洲，比中东和亚洲人高大很多。机场执勤的人员个个高大英俊，一米六的我需要仰头才能与他们对话。儿子们去取预定的车，我负责看管行李，顺便观察机场的人群。这个机场不算特别大，但非常舒适，没有拥挤的人群但也络绎不绝，亚洲面孔很多。在我东张西望的时候一阵悠扬的音乐声吸引了我，转头一看原来是一个团队的迎接仪式，有位先生带领十几个初中生模样的孩子，每个人都抱着鲜花。女孩子穿着白色的具有民族特色的裙子，男孩子穿白衬衫黑色西装。有个男人在吹奏乐器，有四个看起来颇有地位的亚洲面孔的男士站成一排接受热情的欢迎。在乐声中，孩

子们行礼献花，仪式很快结束后，他们整齐地走出了机场。取车颇费了一番周折，摩洛哥不属于发达国家，旅游配套跟不上，我们预定车的公司不属于国际大公司，在机场外找了半天找不到门店，最后请当地人帮忙打电话才联系到租车公司的人。租车公司的人带我们去停车场拿车——刚驾驶了两年的通用 SUV 七座车，却磕碰得十分严重，车内也没清洗干净，乍一看感觉很差，不过毕竟，车还比较新，开起来倒是还不错。我们领了机场免费派发的手机卡，换了上面印有国王头像的钱后出发去酒店休整。

卡萨布兰卡

第一站，去参观举世闻名的哈桑二世清真寺（开放时间 9:00 ～ 11:00；14:00 ～ 16:00），第一次去时间没有把握好，路上塞车，到了之后已经进不去大殿了，只能在外面转转，围着精美的马赛克墙体和防腐蚀的钛金大门猛拍照。由于不甘心就此离开，我们随后又去了第二次。

坐落于伊斯兰世界最西端，建在大西洋边上伸入海中的清真寺于 1987 年 8 月动工修建，耗资 5 亿多美元，占地面积 9 公顷，其中三分之一面积建在海上，以纪念摩洛哥的阿拉伯人祖先自海上来。整个清真寺可同时容纳 10 万人祈祷，是世界第三大清真寺，排在沙特阿拉伯的麦加和麦地那清真寺之后。整栋建筑远远看去比阿联酋阿布扎比的谢赫扎伊德清真寺少了高贵冷艳奢华之美，但多了一份典雅庄重神秘之美；走近了看，它竟然让人不由自主地发出惊叹，惊叹设计的宏大和马赛克艺术的精细，惊叹雕刻技艺的精湛，惊叹大殿的气派华贵，惊叹殿内气氛的静谧祥和，惊叹传统与现代的完美结合。

清真寺分主体大殿和露天广场两部分，洁白的大理石墙壁精雕细琢，殿内外回廊玉柱气宇轩昂。主体大殿内可容纳 2.5 万名穆斯林祈祷，广场上可以容纳 8 万名穆斯林同时礼拜。主体大殿屋顶可以遥控开启闭合，25 扇自动门全部由钛合金铸成，可抗海水腐蚀。正门重 35 吨，据说只有国王来了才会打开。正门不用钥匙，而是使用一组密码，否则就是撬也撬不开。大殿内的大理石地面常年供暖，冬季气温降低时，地板可以自动加热；夏季室内温度过高时，屋顶可以在 5 分钟内打开散热。宣礼员还可以乘电梯直达 210 米的宣礼塔顶，从这里发出的诵经声可以传到市内的每个角落。

周末的广场上人山人海，到此旅游的世界各地的游客以及本国游客都非常多，还有学校组织的学生们集体参观，偌大的广场上人头攒动，人声鼎沸。广场管理得相当好，没有商业形式，少了商贩多了纯净。学生们非常热情，主动跟我们打招呼，好多孩子跑到我们身边跟我们拍照，拍了照片会兴奋得蹦蹦跳跳，拿着手机传看，开心的笑声和讨论声此起彼伏。按照摩洛哥的传统，人们是不拍照的，老人们认为拍照会摄走他们的魂魄，如果去拍他们或者跟他们拍照会遭到怒视以及呵斥，甚至大骂，这种情况我们在后来去的偏远山区碰到了。但是在相对开放的大城市，年轻人已经没有这样的传统思想了，他们喜欢与来自不同国家的人们沟通，交流，拍照，喜欢接触外面的世界。

走进清真寺内部要换鞋，门口有环保塑料袋可以装鞋子提在手上。女士不用换长袍裹头巾，相当开放民主，但是不能穿短裙短裤，不能做不雅动作等不合礼节的行为。一进入大殿，迎面就是硕大美丽的玻璃门窗，也是拍摄网红照的地方，里面更显奢华高贵，绝对是艺术的殿堂。极其昂贵的枝形吊灯和壁灯发出柔和的光芒，雕刻精美的超大的顶部竟然安装了现代化的机关，可以打开通风。内部设计是典型的伊斯兰风格，但感觉融合了一丝的欧洲风：名贵木材制作的楼梯、隔板和廊边雕刻着精美的几何和花形图案；一尘不染的大理石地面外围铺着昂贵的地毯，赤脚走在上面有一种软糯的感觉传遍全身，使人感到放松；在中央透明的玻璃下，可以看到另一层的空间——地下洗浴室。第一次看到清真寺还有负一层，这一层有很多由玉石做成的大大小小的莲花形状的喷泉和廊柱，甚是壮观，是大型仪式时信徒们在祈祷前沐浴用的，这是我们见过的最豪华最别致的沐浴场所。

逛完清真寺我们拐进旁边的小街，走街串巷，以便了解当地人的生活。在街头空地、小公园都有一些小男孩在踢足球，有些足球已经破烂了，可孩子们踢得兴高采烈。由此可见，这里的人们对足球应该是非常热爱的，在娃娃中普及得非常好。我本想拍几张孩子们踢球的特写，可几个孩子冲着我大喊“no no no”，只好作罢。老城区的街道狭窄，曲曲折折，房屋均以白色为主，车辆通行极为不畅。街道上开着门的全是小小的商铺，室内不太通风也不明亮，像中国小城镇的街巷。好多商铺的商品直接摆放在大街上，方便顾客选购。街头绿化植物以各种仙人掌为主，由于绿化不足，灰尘满天飞，空气不算好。这里的人们生活比较悠闲，三三两两的人聚在街头聊天，还有不少人坐在墙根看着行人发呆。

在《北非谍影》这部电影中，充满了浪漫情怀的里克咖啡馆（Rick's Café）也让人难以忘怀。但这间咖啡馆和这部电影似乎也是一种邂逅，《北非谍影》拍摄于好莱坞影棚，与这间咖啡馆毫无关系。我们不远万里而来看到的里克咖啡馆，其实是电影风靡全球之后，一位美国老太太照着电影复制的一个咖啡馆。但由于每天都有大批游客到访，所以，赝品——里克咖啡馆也成为卡萨布兰卡的一家网红咖啡馆，成了浪漫的代名词。我们去那里打了个卡后找了一家具有当地风格的小餐厅，晚餐品尝了美味的摩洛哥烤鸡。这里的物价不高，特别是本地水果，路边兜售的大大甜甜的草莓七八块钱一斤。超市里面的东西有很多，品种也非常丰富，琳琅满目。我们在一家超市发现了一种在中国没见过的漂亮得像花的菜，不知道怎么食用。

ARTICHAUT
4
PETIT POIS
8

马拉喀什

早上出门从卡萨布兰卡前往马拉喀什 256 千米，全程高速约 3 个小时。虽然对我们来说阿拉伯语的指示牌看不懂，但是探途导航很给力，帮助我们顺利抵达。一路上风景如画，犹如到了欧洲，放眼望去，绿油油的草原上点缀着房屋、牛羊，抬头蓝天上飘着白云，令人心情舒畅，完全没有电视上看到的非洲的样子。

我们在马拉喀什订的民宿，位于老城区。由于很难停车，我们停在不远处的停车场，找当地人用小推车把行李推到酒店。一进门浓郁的阿拉伯风味扑面而来，仿佛进入了阿拉丁的世界。

服务员热情地把我们迎进门，马上冲茶递给我们解渴。我们兴奋地站在天井观察整个建筑的布局。这间民宿的每一处都经过精心设计和布置，充满了艺术气息，每一个房间的装修风格都与众不同，每一个角落都装饰了别具匠心的饰物，每一处的布置都体现着主人的用心和艺术眼光。酒店负责人是个高大帅气的骑手，一身摩托车的行头酷帅无比。稍事休息后我们走路去逛举世闻名的老城区。

马拉喀什俗称红城，建筑物表面涂料的颜色以棕黄色为主，是非常古老的城市，属于摩洛哥第三大城市。这里气候温和，林木葱郁，以众多的名胜古迹和幽静的园林驰名于世，被誉为“摩洛哥南方明珠”。老城具有浓郁的生活气息，错综复杂的街巷让人非常容易迷路，小小的店铺一家挨着一家，有卖银器的，卖特色鞋子的，卖手工皮具的，卖民族服饰的，卖食物的，卖颜料的，卖画的，等等。女士们喜欢驻足的服装店里挂满了五颜六色的杰拉巴（阿拉伯女士长袍），镶了蕾丝边腰带，束了高高的腰身，色彩非常艳丽。狭窄的巷道车水马龙，马车、摩托车、小汽车、自行车和人以及猫等交织出拥挤的生活交响曲。充满市井味道的老城区就是一个地区人文历史的缩影，了解一个地方的风俗习惯，一定要去老城区看看。老城区的游客和本地人都很多，恰逢春节临近，有个店铺为了吸引中国游客，邀请儿子用中文写了“中国年快乐，春节快乐！”

在这里我们第一次品尝了经典的摩洛哥美食——塔吉锅，塔吉锅也叫微压力锅，它上面的高盖帽是其明显特点。塔吉锅一般都是陶土锅，因为透气不透水，加上三角圆锥的造型使得蒸气循环上升，因此可以最大限度地减少水分流失。在烹调过程中只需少量水，水汽均匀地滴落在食材上，可以最大程度地保持食物的原汁原味和营养。第一次品尝各种口味的塔吉锅感觉还挺棒，塔吉锅乍一看就像我们的东北大乱炖，其实很讲究。塔吉锅里的食物通常都烧到酥烂，摩洛哥人喜欢加坚果和干果来为肉类增添风味，蔬菜则主要是土豆、胡萝卜、豌豆、云南小瓜、番茄等配以辣椒、姜黄、肉桂等香料。餐前餐后的薄荷绿茶是摩洛哥的“国饮”，无论是入住酒店还是去餐厅，服务人员都会先端上一杯薄荷茶，但是这种甜味很浓的薄荷茶我们都喝不惯。

德吉玛广场是马拉喀什乃至摩洛哥的顶级旅游景点。傍晚随着太阳西斜，人们渐渐地从四面八方汇集到这里，观看广场上的露天表演。在人山人海的德吉玛广场闲逛，可以看到美妙的落日余晖，同时看到数不清的集市小摊亮起灯光，也可以在人们逐渐围拢的一个又一个小小把式表演的上空，听到节奏感超强的阿拉伯音乐依次响起。这里聚集了算命的，舞蛇的，喷火的，表演歌舞的，吹奏乐器的，卖纪念品的，卖饮料的，卖衣服鞋帽地毯的，以及各种小吃店，等等，人声鼎沸。各国游客都来凑热闹，变成了人头攒动、热闹非凡的夜市。晚上九点以后人开始慢慢减少，传承了上千年的广场极具阿拉伯特色，形成了独特的文化传统。

马约尔花园原是法国时尚大师伊夫圣·罗兰的私家花园，大师辞世后骨灰被撒在了花园里，这里是他灵魂最后的归属。高端时尚品牌圣罗兰深入人心，因此也带动了这个花园的声名，开始被世人所知。花园以巨型仙人掌和高饱和的蓝色与明黄色这两种装饰颜色闻名于世，是一座隐于市井中的世外桃源。花园不大，挤满了各种仙人掌、仙人球、橄榄树和绿竹等热带植物。这里的游客众多，在被网友们宣传之后变成了名副其实的网红景点。摆着各种 pose 拍照的人站满了每个角落，我也未能免俗地摆拍了几张网红照。

巴伊亚王宫位于马拉喀什老城边上，建于 19 世纪，不属于宏伟奢华类，也不是城堡类，但有它独具的特色，整体建筑体现了当年贵族生活的面貌。宫殿很大，内部设施已经空了，从低调的大门口进去后能够看见迷宫一样的通道，穿过一道道狭窄的廊道后发现有庭院有花园，宽阔的院落映衬着蓝天白云。建筑物整齐有序，排列规整，地上马赛克，头上雕梁画栋，窗里、窗外、窗上，构成一幅幅精美的图画。装饰非常具有阿拉伯特色，马赛克艺术发挥到了极致，别具异域风采。

我们这一天没有挪动车，全靠两条腿走路，在老城区穿行，步行至各个景点，充分体验了阿拉伯人的街巷。充满烟火味的巷道充斥着各色人等、各种交通工具、各种店铺、各种声音以及飘浮在空气中的香料味、灰尘和汽油味。在迷宫一样的老城，探途导航依然准确，省却了问路的麻烦，是最值得开心的事情。

第二天一早我们准备开车前往托德峡谷，出发前在老城区停车场见识了什么叫人力挪车，车辆一部“亲吻”一部，贴得密不透风，是根本没有办法开出来的。4 个彪形大汉通过推车抬车挪出一个车道让我们把车开出去，推完车每人得到了我们付给的 10 迪拉姆小费。

阿伊特本哈杜村

阿特拉斯山的两边完全是两个世界，翻过雪山变成了另外一种反差极大的风景，光秃秃的山石几乎没有植被，下到山脚下变成了戈壁。空气干燥炎热，太阳热辣，很快出现了非洲的经典风光，一望无际的黄色看不到多少绿色，偶尔出现胡杨树和椰枣树，完全一派荒漠的景象。

有水的地方就有了村落，时不时会出现小小的绿洲形成的村落。途经阿伊特本哈杜村时我们进去转悠，感受到一种荒凉的美感，太阳毒辣风尘很大。这座建于公元8世纪的小村庄，已被列为世界文化遗产名录。这个质朴的原始古村建在山坡上，

所有建筑连成一个整体，由黏土和石块建立起来。建筑顶部会雕刻一些粗糙的装饰，村子形状奇特有点像堡垒，建有护墙，可以抵御敌人，也可以居住生活。里面的房间都很矮小，高个子要低头进入，房间都没有窗户，采光依靠长廊透进的阳光，小河在村边静静地流过。这座古村经过千年，仍旧坚韧不倒，向走进这里的人们诉说着古老的历史。在这里会发现满眼的中国游客，《红海行动》《星战前传》《盗墓迷城》和《权力的游戏》等电影都在这里取过景，具有经典的非洲特色。

村口的商店吊着一个很大的玩偶，看起来有点意思，一下子抓住了游客的眼球，不知有何含义。

Ksar Aït Ben Haddou

离开这个小村庄，前行了几十公里，看见了瓦尔扎扎特电影城的雕塑，很多有关非洲的电影都是在这里拍摄的。这里面还有一个很棒的五星级酒店。我们赶时间去峡谷，没有进入电影城，非常遗憾，仅仅路过拍了一张照片就匆匆忙忙地走了。

托德峡谷

从马拉喀什到托德峡谷，400 公里开了 8 个多小时，沿着阿特拉斯山的盘山公路翻越雪山，下山进入戈壁荒漠，穿过绿洲，晚上才到达峡谷。

出了马拉喀什很快进入盘山公路，路面比较差，速度比较慢，还遇到三处塌方地在修路。有一段山路两旁满山遍野都是仙人掌，结着很多仙人掌果，红彤彤的已经成熟。我们在路边停车拍了些照片，顺便摘了一个果子品尝，味道清淡，略酸，里面的籽儿太多，不怎么好吃。

出发之前还担心下大雪封路，如果要绕路可就太远了，还好这几天阳光灿烂，到了雪山顶没有看到壮观的雪，只有山脊上还有残雪，干草和树枝上结了冰凌，在阳光下闪闪发光，伫立在路边的不知名的树，宛如一个个冷艳的绝代少女，随风曼舞，清瘦的树梢上凝结着冰凌花，悬挂着一丝寒冷，流露着一份高洁。路边停车后，我们下车欣赏不知名的峡谷，发现山顶的山风特别寒冷，山上山下温度差了十几摄氏度，此处的峡谷有点像我国北方的山谷，粗糙质朴悠长，酷似一条纽带，在山间蜿蜒，壮观但不够秀丽。站了一会儿，手已经冰凉冰凉了，赶快钻回车里。

晚上6点多到达托德峡谷，天已经擦黑了，由于预订的旅馆在峡谷里面，我们开着车继续顺着峡谷蜿蜒前行，车速较慢，就开了窗户欣赏两边不算高的山坡风景。略显贫瘠的山上也就是一些普通的绿树杂草，估计恰逢冬天也没有什么野花。山谷中的风带着浓重的凉意，阴影越来越浓，渐渐和夜色混为一体，由于没有路灯，没有月亮，没有星星的微光，慢慢地变成了黑漆漆一片，如果没有车灯，真是伸手不见五指。

最担心的事情出现了，导航不起作用了，手机信号也没了，换导航换手机也没用，路边也看不到人家，心中不免有点害怕，月黑风高的晚上在异国他乡碰到盗抢的话真不知如何应对。忐忑中慢慢往前开，大概过了十几分钟看到了峡谷最美丽的地方，估摸着旅馆的位置就在附近了。黑乎乎的晚上不敢欣赏峡谷的夜景，焦虑地找旅馆，也没有欣赏的心情。又继续前行了几公里，终于有信号了，联系上旅馆之后心里略微踏实了些。但是我们要掉头按原路往回返，想到没有信号，心中还是七上八下的。车上的人都不敢说话，紧盯着窗外，辨认路边有没有像旅馆的房子。感觉开了很长一段路，看见一个小卖部，有亮光照向我们，有人坐在门口。我们像见到救星一样，开心坏了，赶紧在车上找礼物，准备去问路。车停在小卖部门口后，儿子们拿着旅馆订单去问路。售货员非常非常热情，指引完方向后，由于只有几十米远了，就带着我们去找旅馆。到达旅馆，服务员已经在路边等着我们了，这个时候才算放心了，非常开心。旅馆建在山坡上，爬上山坡进入房内，看到明亮的灯光，整洁干净的房间，和热情好客的服务员，还有热气腾腾的塔吉锅享用，感到非常幸福。旅馆是典型的马赛克风格，比较新的装修，简单舒适，能在偏远的山村有这样的环境我们非常满足，心情愉悦了很多。

第二天早早地醒来，去峡谷驰名中外的棕红色岩石段领略风光。托德峡谷被誉为世界上最壮观的峡谷之一，矗立于阿特拉斯山脉（Atlas Mountains）的东部，位于山脉间一座2500米高的地质溪谷上。峡谷的宽度只有十几米，高度达300多米，棕红色的谷壁陡峭险峻，仿佛刀劈而成，在谷底有一条细小的河流穿过，旁边是一条不算宽敞的路，昨晚我们就担惊受怕地从这里穿过峡谷走错了路。我们把车停在路边，感受大自然的雄伟壮丽和鬼斧神工。冬天的河水非常凉，没有人去玩水，很多游客在拍照，旅游大巴都是短暂停留后便开走了。河水很浅，最深处估计只能没过小腿肚子，夏天的话能在这小河水里洗洗脸、泡泡脚，应该是非常惬意的享受。此外，据说托德峡谷还非常受极限运动爱好者的欢迎，因为这里山壁陡峭，吸引了来自世界各地的攀岩高手。

撒哈拉沙漠

在撒哈拉戈壁滩穿行了约两百千米，到达撒哈拉沙漠边缘的小村庄，进入骆驼旅馆稍事休整，准备骑骆驼进沙漠。所谓的骆驼旅馆其实就是本地人的家，因为不过夜，只是暂放行李，一般都很简陋，仅有院子里的桌椅、餐厅和一个冲凉的地方供游客休息，本地这样的旅馆很多。

吃过简单的午餐后我们背上背包步行了二十几分钟，穿过沙漠农田，到达骆驼集中地。这里的农田太贫瘠，农作物也不多，根本不能和国内绿油油的大片农田相比。看到一排排的骆驼，我们都很兴奋，在等待安排的时候，不停地拍照，去轻触骆驼、调侃骆驼的反刍和呼吸，与牵骆驼的人打着手势交流。在六头骆驼集体屈膝跪下来后，我们一行人依序坐上去，骆驼依次起身直立，训练有素地跟着向导开始往营地出发。

提起撒哈拉沙漠就会想起三毛，她书里的很多内容我已经不记得了，但是因为三毛我记住了这个沙漠。平生第一次住帐篷，是在撒哈拉沙漠里，我在那儿度过了难忘的一夜。下午4点左右，骑骆驼约一小时后进入沙漠营地，太阳下的沙子赤脚踩上去是温暖的，我们忙着拍照，忙得不亦乐乎。太阳落山后的沙子是冰凉冰凉的，寒气浸入肌肤，冻得发抖，不穿鞋根本不敢踩上去。晚上羽绒服是必需的。柔滑细腻的沙子以及黄得发红的沙漠风光是撒哈拉独有的。

我们六人组成的小小驼队上坡下坡，缓缓地蜿蜒前行，骑在骆驼背上的我们一开始紧张地抓紧护杆摇晃颠簸，渐渐进入佳境，可以神气十足地随着骆驼摇摆的节奏摆姿势拍照，也可以悠哉悠哉的欣赏沙漠风光，绵绵的黄沙与天际相接，根本想象不出哪里才是沙的尽头。沙漠里宁静空旷，可以清晰地听到骆驼的呼吸，等有小飞虫之类的异物落入骆驼的鼻孔去骚扰它，它会低低嗥叫然后打个大喷嚏。向导时不时哼着小曲给我们解闷，或者讲几句简单的变调的中文逗我们一乐。刚出发时，沙坡上点缀着一蓬蓬的干野草，感受不到沙漠的细腻，大概半个小时后，放眼望去，天是蓝的，地是黄的，除了蓝黄两色，再也看不到其他的色彩，沙丘轮廓清晰，层次分明，一个个沙丘连绵起伏，好像一道道向前涌起的波浪。在一个沙脊上，向导让我们停下来，拍照打卡，并开玩笑说这里拍的照片最适合发朋友圈。细细的沙踩在脚底下，软软的，暖暖的，非常舒服，行走在沙坡上，双脚的速度跟不上眼睛的速度，看着一分钟的路程，实际上由于沙子的滑动，几分钟也走不到。

营地建在红沙不容易流动的沙湾，属于安全的地方，不用担心风沙会把帐篷掩埋。也许由于不是旺季，我们的营地里的游客只有三家人（均来自中国），但我们依然受到热情的接待。帐篷里的晚餐是经典的摩洛哥塔吉锅和大饼，在寒冷的夜晚，吃到这些热气腾腾的塔吉锅，非常暖和，我们拿饮料当酒互相祝福，祝福新年快乐，祝福大家身体健康，祝福祖国繁荣强盛。阿拉伯小伙子时不时帮我们拍照、说笑、调节气氛。餐后服务员在沙漠里点起篝火，打起阿拉伯鼓和锣，唱起歌，带领我们围着篝火跳舞。我们中间有个阿姨嗓子不错，很喜欢唱歌，带

领我们唱各种耳熟能详的中国民歌，直到我们都累了才停下来。传统的阿拉伯鼓属于手鼓，木制鼓身，用羊皮做鼓皮，用麻线捆绑调节鼓皮的音高，演奏时会有鲜明的节奏，容易使人受到感染而兴奋起来。据说阿拉伯鼓是世界上最难学的手鼓之一，要想打击出富有律动的声音需要进行长时间的习练。阿拉伯鼓在阿拉伯音乐中有着举足轻重的地位，同时也是肚皮舞的主要伴奏乐器。当地的服务员都具有熟练的技巧，可以打击出美妙的节奏，帮我们配乐。他们轻盈的手不断地拍打出节奏，手速非常快。我很想试一下简单的节奏，于是盯着他们的手看了几分钟，然后抱了一个挺沉的鼓放在两腿之间夹稳坐好尝试击打，旁边服务员不断地热心指导，可我的手鼓总是击打出硬邦邦的节奏，缺乏韵律，但是能在沙漠里得到这样的体验，非常难忘。

我坐在凳子上抬起头，看到满天繁星亮晶晶的，又大又多，苍穹之下，我强迫自己去构想群星后边的群星，银河后边的银河，不断地推进边界，但眼睛只送给我一幅黑底上布满珍珠的画面。营地没有手机信号，人们无法与外界联系，过度依赖手机的我们一开始不太习惯，过了一会儿就心静了，慢慢开始享受这种难得的仿佛与世隔绝的安然。这里的夜空非常静谧，使人安宁。晚上躺在帐篷里面的床上，感觉身子底下好多沙子，由于实在太冷，也顾不上想毛毯是否干净了，我用围巾简单把毛毯的边缘裹了一层。用毛毯把自己包裹得活像一条茧子里的蚕蛹，到处都是沙子，和衣睡觉很不习惯，但也很快进入了梦乡。早上醒来，心想，好在是冬天，晚上寒冷也没什么味道，不知道夏天的晚上会是什么情形。

撒哈拉的大漠风光让人终生难忘，黄昏，一座座沙丘在夕阳下光影变幻；夜晚，在茫茫大漠中抬头可以看到无尽星空，睡在帐篷里寂静安然；早晨，日出染红了大漠，开启一天的风采。

沙漠里的日出多了一份炙热，仿佛天空很近，光线就在眼前跳跃，一开始只有橙色的光晕露出沙脊，光色很弱，周围模糊不清，很快光线变成了金黄色，有个红色的圆边滑出了沙脊，慢慢地升起，接着变成了火红的圆盘跃动，很快光线开始刺眼了，太阳已经悬挂在高空，原本朦胧的周围一瞬间灿烂无比，太阳下的沙漠又变换了颜色，从红色变成了黄色。

早上拍完日出，骑骆驼离开一望无垠的沙漠，回到旅馆。为了纪念这片独有的红沙，我们带了小小一瓶红沙回国。这里有段非常有趣的插曲。在沙漠腹地返程时，我没有多想，随手用纸包了一点红沙出来，在出了沙漠的时候，路边有一个小孩拿出来很多漂亮的小瓶子出售，说是可以装沙子用，我们都买了瓶子。经过对比，发现沙漠边缘的沙子已经是变浅的黄色而不是发红的黄色，我们非常遗憾地去了骆驼旅馆。到达旅馆后，闺密代小姐说运动鞋鞋面网子里面钻了好多沙子，我们听到有点惊喜，赶快拿张纸垫着，把我们鞋子上的、口袋里的沙子抖出来，结果收集起来一看，都是非常棒的红沙，竟然装满了一个小瓶子。大家捧腹大笑。

旅馆虽然简陋，但老板非常热情地为我们准备了丰盛的早餐，咖啡、鸡蛋煎饼、小菜、酸奶、热茶、大饼、面包等摆满了桌子，开心地用过早餐后，我们继续下一个行程，驶向非斯。

非 斯

驶过一段戈壁滩，翻越三座雪山，穿过一片森林，路过一个非常美丽的欧式小镇，到达摩洛哥四大古城之非斯。在雪山上看到好多小猴子，有不少当地人在路边停车，喂猴子玩，我们也停车玩雪。温暖的阳光被白雪反射出光芒，使人觉得清冷，看到积雪，我们仿佛回到了儿时，兴奋地打雪仗、玩雪球、玩仙女散花，恶作剧引起哄堂大笑，小小的童趣增添了我们旅途的欢乐。松软的积雪在脚下发出咯吱咯吱的声音，像是美妙的伴奏，伴着我们玩乐；白雪攥在手心几秒，会融成一汪水，同时手被冻得麻木了，冻红的手随后开始发热，慢慢恢复正常。

临近城市的时候我们的车被警察拦下来了，说是超速了，要罚款，还要查证件。我们略懂法语的小伙子把罚款交了之后，愣是不明白查什么；说英语的小伙子登场，依然没听明白；我们连猜带蒙才基本明白，原来是要查租车资料、行驶证、驾驶证、护照等，我们笑着把一样样资料给齐，两个可爱的警察微笑着检查完，发现没问题之后，竟然把钱交还给我们，让我们走。摩洛哥警察看到我们的中国护照对我们太友好了。

非斯口碑很好的民宿，果然名不虚传，非常棒。在老城区七拐八拐地穿过小巷子，在低矮狭窄的胡同里看到一个气派的门，推门进去别有洞天，井然簇新的院落，小资情调浓厚，大气而带有民族风格的装修超级奢华，院子中间是泳池。住在这样的民宿里面，整个人都觉得无比轻松惬意，给我们的旅程留下了美好而难忘的回忆，性价比很高。

非斯是个比较开放的城市，虽然同样是信仰伊斯兰教，但是大街上很多年轻的女孩子已经不再包头了。摩洛哥有著名的四大古城：非斯 (Fez)、马拉喀什 (Marrakech)、梅克内斯 (Meknes)、拉巴特 (Rabat)。其中非斯是第三大千年古城，为伊斯兰教圣地之一，人口约一百五十万。它位于摩洛哥中阿特拉斯山麓，距首都拉巴特约 160 公里。古城建在一条狭长的山谷中，占地 300 公顷，有着典型的阿拉伯城市的风貌和神秘的波斯风情。非斯以精湛的伊斯兰建筑艺术闻名于世，最著名的建筑是蓝门，即老城区的城门。老城区有如迷宫，转过一个口又是一个口，绕过一条街又是另一条街，街道曲曲折折，看不到尽头，很容易转晕。这里巷道交错，店铺林立，非常狭窄，只能容纳行人通行，窄巷里挤满了卖各种手工艺品的商店、零食糕点铺、茶餐馆、肉店、蔬菜水果店等，充满异国风情的市井烟火会让人忍不住想穿梭在迷宫里。正是这狭窄无比需侧身擦肩的迷宫巷道风情深深吸引着世界各地的游客们，不同语言的游客以及穿着民族服装的当地人穿行其中，熙熙攘攘，早晚都很热闹。城中居民还保持着中世纪的生活风俗和生活方式，运输方式以毛驴为主，满载货物的小毛驴常常与游客并行，只要喊一声请让道，周围人便会自觉排到马路两旁。非斯的皮革业非常有名，虽然大染坊名气大，但是我们考虑到气味太大决定不去参观了，逛了几圈买了点皮制纪念品就离开了。皮制品在非斯买是最划算的。

非斯古城有众多的历史文化古迹，许多美丽的宫殿和大大小小的清真寺。老城内的卡拉威英大学建于公元859年，被喻为世界上第一所大学，其所属图书馆早在中世纪即已负盛名，收藏有带彩色画面的《古兰经》以及大量手抄本和其他古籍，被誉为“学术首都”。卡拉威英清真寺在哈桑二世清真寺建成前，为北非最大的清真寺，整座建筑由270根廊柱支撑，以大理石、石灰、石膏、鸡蛋清等为原料建造而成。非斯皇宫庄重大气、富丽堂皇，镀金的青铜门、精致的马赛克、白色的大理石柱，对称的建筑风格，随便一拍都是大片。还有其他的学院和博物馆等景点，均具有浓郁的阿拉伯风味，有时间的话值得慢慢欣赏。

舍夫沙万

我们的车刚出城又被警察拦下了，但是警察看到我们是中国人之后，用中文说了一句“走吧”，搞得我们一下子还反应不过来，摩洛哥警察太可爱了。

出城往著名的蓝色小城舍夫沙万驶去，沿途犹如穿行在欧洲，天空干净得一丝云彩都没有，道路两边是一望无际的绿色，时不时有村镇点缀在满眼的绿里，有小孩子们在路边玩耍，画面非常美丽。

据说，1471年犹太人定居在舍夫沙万后，为了表达对家乡的思念，把房子全部涂成了蓝色。在犹太教里，蓝色代表着天空和天堂，蓝色寓意为“在上帝的保佑之中”。还有一种说法，说把房子涂成蓝色是为了夏天驱蚊。每年经过雨天的洗刷后，居民们会重新用蓝色粉刷房子，一百多年来蓝色始终是舍夫沙万的主色调。舍夫沙万是世界上三大蓝城之一，但远远看上去好像是白城，原来只有第一层涂成了蓝色，第二、三层是白色的。这里仿佛是各种蓝色的汇聚地，浅蓝、天蓝、灰蓝、绿蓝、深蓝等都能看到，充满着浪漫的气息，能使人被蓝色迷醉了双眼，绝对是摄影师的梦幻之地。作为旅游胜地，这里物价略贵。很多游客是中国人，耳边全是普通话和粤语，不断有人热情地跟我们打招呼问好。恰逢中国春节，小城中心挂满了红灯笼，特别有节日气氛。舍夫沙万的猫特别多，每个角落都可以发现慵懒的猫。

Alkasaba

这座小小的山城宁静而美丽，非常适合逍遥度假，享受慢生活。小城位于摩洛哥东北部靠近地中海的地方，气候宜人，我们冬天来到，早晚有点冷，白天沐浴着暖暖的阳光，非常惬意。小城有4万多居民，依山而居，当地人遵循着古老的思想，抗拒被拍照。我看到有些家门口有小孩子玩耍或者站在门口，想拍几张照片，刚举起相机，小孩子就大声喊“No Photo（请勿拍照）”，然后飞快地钻进门里。漫步在弯弯曲曲凹凸不平的街道，人们会有一种探寻的冲动，想探究这个古老小城的奥秘。秘密没有发现，但发现了各种形状的蓝色深浅不一的门，各有特色。

CHESFOUAD

It's time to rest.
Hello Holiday!
Relax!
PITU

丹吉尔

舍夫沙万距离海滨城市丹吉尔 120 公里，由于路不太好，我们开了三个多小时的车才到达。到达城堡酒店发现有配备齐全的厨房，我们非常开心，马上开车去找超市买菜，打算晚上自制美味的中餐。

这个非常繁华的城市竟然没有一个十字路口有红绿灯，转盘很多，开车要非常小心。在摩洛哥偶尔能看到红绿灯，而且红绿灯大多在路边上，不在路中间的上方，很容易被忽略。丹吉尔由于距离欧洲太近，又被好多国家占领过，所以更加像欧洲，更加开放，大街上的女孩子都非常时髦，包头穿长袍的女孩子更少了，工作和开车的女性多了。

丹吉尔非常美丽和现代，有很多大型超市，老百姓看起来比较富裕，大街上的车辆档次也高了一点。人们非常和善，我们给行人让行，行人都会微笑着挥挥手。在路边停车，会有小伙子热情地给我们指挥。我们觉得这是个友好的休闲的适于安居乐业的城市。

我们的车开了十多天没有洗过，已经很脏了，感觉配不上这个干净整洁的城市，于是外出找地方洗车，结果兜了半个城市没有发现洗车店。后来在家乐福超市的门前发现路边有工人拿着小桶和毛巾在洗车，我们开过去问是不是帮客户洗车的，能否帮我们洗车，工人指引着我们在辅道路基上停好车后说可以洗车，让我们一小时后过来取车。第一次看到这样简陋的洗车方式，车外用湿毛巾擦拭，车内只把地毯拿出来抖一抖沙子，仔细看了洗过的车，虽然没有想象中干净，但大体看起来算是干净了。利用洗车时间，我们去市中心的广场上转了一圈，这里的小孩子们像中国的孩子们一样，在广场上滑旱冰，玩滑轮，踩单车，追逐嬉闹，有三三两两的大人站成一堆闲聊，有人行色匆匆地赶路，也有老人静静地坐在长椅上。也许是为了显示这地方是战略要地，广场雕塑是一门炮。广场上的云彩非常美丽大气，干净的天空显得高远通透，街边的普通建筑物被长空映衬得非常美丽。

丹吉尔是个美丽干净的城市，位于地中海和大西洋的交汇处，地处直布陀罗海峡的丹吉尔湾，天气好时可以清晰地看见海峡对面的西班牙，属于非洲距离欧洲最近的地方。东进地中海和西出大西洋的船只，都要从这里经过或在这里停泊，大西洋东岸南来北往的船只，也要在这里调整航向，战略地位十分重要。由于它坐落在世界海上交通的十字路口，历来为西方国家互争之地。

斯帕特尔角，位于直布罗陀海峡的入口处，在这里可以看到大西洋和地中海交汇。以灯塔为界限，西边是大西洋，东边是地中海，据说有交汇的分界线，我们今天没看到。另一个自然奇观是非洲洞，也被称为“大力神洞”，它的神奇之处便在于洞口的轮廓形状酷似一幅完整版的非洲地图，这个可不是人工造成，而是千百年来海浪冲击岩洞自然形成，属于大自然的鬼斧神工。

EL TANGERINO
EL TANGERINO

由于是冬天，海水较冷，海滩上游客不多，和煦的阳光照耀着，非常舒适，我们在海边散步，在岩石上跳跃，在岩边逗野猫玩，在海滩上用木棒写字，在涌起的浪花旁拍照，逍遥自在。在浪花跃动时突然发现有个男子在冲浪。海水这么冷，我们很佩服他的勇气。我和儿子走过去欣赏他的美姿，这时海边坐着的一个年轻人走过来友好地向我们打招呼，跟我们聊天，说对面是西班牙，冲浪的男子是他的同学，在丹吉尔读大学，周末他经常陪他同学来到海边冲浪，这项运动得到了很多同学的喜欢。他问我们来自哪里，是否喜欢这项运动。儿子很开心地回答，我们来自中国，冲浪这项运动在中国不太流行。在海滩闲逛之后，我们去别人游记里推荐的西班牙餐厅吃海鲜饭，跟着导航在另一处海滩附近找到了餐厅。餐厅装饰以航海为主题，装修得很有特色，海鲜饭味道略咸，也许不合我们中国人的口味。

城堡酒店位于海边的半山腰上，傍晚时分拉上老公准备去海边走走，结果山坡没有路，顺着山坡下到海边有点困难，但发现了另外的美景，刚好看到太阳将要落山，余晖洒在山坡上给花儿镀上了一层金色，夕阳渐渐收敛了光芒，变得温和起来，像一只光焰柔和的大红灯笼，悬在海边山脊的边缘，慢慢地下沉，隐到了山后。对着夕阳在山坡上匆匆摆拍了几张瑜伽照，感觉别有一番味道。

艾西拉

艾西拉，地处大西洋沿岸，在从丹吉尔回拉巴特的途中，我们拐进去参观。整个小镇的建筑充满了地中海风情，房子颜色以蓝白相间为主，掺杂了深深浅浅的粉色、绿色、黄色。它是世界有名的艺术之城，每年 8 月都会举办涂鸦节，来自世界各国的艺术家们纷纷在小镇白色的墙壁上展示他们充满魅力的作品。

漫步在小镇巷子里，时不时会发现隐藏在角落里的风格迥异的涂鸦，天马行空，栩栩如生，这些涂鸦作品为这座小镇注入了浓浓的艺术气息。这里没有过多的商业气息，只有安适、悠闲，人们热情好客，行走在街巷里不断地有人用英语和中文向我们打招呼，还有几个大叔主动问我们是否需要帮助，有几个踩单车的小孩子看到我，主动伸出手与我握手，笑着跟我聊天，表示可以提供帮助。这里的孩子们非常现代，见多识广，也不忌讳拍照，可以说非常喜欢跟游客合影，非常愿意了解外边的世界。

艾西拉，是一个美丽的小镇，宽容好客的小镇，让人很容易融入的小镇，让人着迷的小镇。

MOUNIR
HAMDAN

40

2018

HOUDA SOUFI

拉巴特

拉巴特，摩洛哥的首都，作为政治文化中心，在国际上的名气比不上卡萨布兰卡，但是城市规划较好，焕发着大都市的勃勃生机，也是一座魅力四射的美丽的海滨城市，由洋溢着阿拉伯风情的萨拉旧城和具有现代气息的拉巴特新城组成，转角可见的历史遗迹犹如时空隧道，随时把我的思绪引向一个古老民族的传统社会，使我遐想阿拉伯人的远古生活。拉巴特是一个非常有内涵的城市。

下午到达拉巴特，下了高速后距离市区十多公里的时候就开始感觉像进入皇家庄园，宽阔的马路两边的绿化带是成片的柏树或者颇有年头的不知胡杨树还是什么树，非常庄严大气。

距离市区越近警察越多，进入市区发现三步一岗五步一哨，看到高高的围墙，估摸着是皇家建筑了，到了市中心变成了“堵城”，车多路窄，路口非常多，要很专注地开车，一不小心就错过转弯，好在城市不大，很容易就找到了酒店。新城区的公寓酒店第一次让我见识了古老的电梯是什么样，进电梯需要拉门，出电梯需要推门，属于半自动电梯吧。路边的房子全是五六层，不见高楼大厦，不见造型奇特的建筑物，人们看起来很是悠闲。

晚饭后，我和朋友想出门散步，逛逛超市，考虑到这儿是首都，安全性应该很高，于是下楼去找超市。拉巴特新城的居民区的夜晚，与国内相差不大，很安静，路边的人并不多，到了超市附近人才多了起来。路边有摆摊卖水果的，樱桃之类的价格比国内略便宜。在超市门口，有几个年轻人在吃瓜子，看到我们是中国人，有个小伙子上来搭讪，热情地摊开手请我们吃瓜子，我们也不客气地从他手里拿了瓜子就开始聊天。聊起中国，他说摩洛哥的年轻人很向往中国，很想去中国见识一下，只是他们的经济条件不太好，去不了那么遥远的地方。我们简单地向他表达了对摩洛哥人的友善和热情的感激，称赞了他们国家丰富的旅游资源，感谢他们的国家对中国这么友好，并表示非常欢迎他和他的朋友们到中国做客。

parco
CONTACT
78947 | 7
Notre essence
est votre beauté

乌达雅城堡非常具有历史厚重感，古朴的城门由巨大的红褐色的砖石砌筑而成，圆形拱门的四周镌刻着精美的阿拉伯式花纹，带着很强的气势和历史感。一道道红褐色的城墙中间，隔着一座座的碉楼，记录着战争的残酷和士兵的勇敢。这里是《碟中谍 5：神秘国度》的取景地，是阿汤哥曾经疯狂飙车的地方，始建于十二世纪的柏柏尔王朝，后被阿拉伯王朝所用，古时候是军事堡垒。城堡位于拉巴特老城的东边，濒临大西洋，城堡里也是蓝白相间的居民房，神秘迷人。游客不多，大海很美，蓝天很蓝，我们面对大西洋坐在岩石上看着海中冲浪的人、海边钓鱼的人、沙滩上打球的漫步的人，到处都是一片生动活泼的景象，这里是发呆的绝佳地方。

DE RABAT
OUASSOU

哈桑清真寺，这座位于城东南的古老清真寺建于十二世纪，为当年非洲大陆上最大的清真寺，可惜发生于十五世纪的一场大地震无情地摧毁了它。值得庆幸的是，那高约七十米的宣礼塔作为历史的见证原封不动地完整保留了下来。红褐色的砖塔耸立在洁白的花岗石地面上，从广场上那三百多根残存断柱组成的巨大立柱群中，我们可以想象出它当年的宏伟规模。现在宽阔的遗址广场紧连着旁边雄伟的穆罕默德五世陵墓。这座建于半个世纪前的皇家陵墓庄严肃穆，气势恢宏，具有经典的摩洛哥风格。出乎意料的是，清规颇多、戒备森严的王室的陵墓倒是可以对外开放，游客可以有序地进入参观，门口那一身戎装、威武雄壮的皇家卫士时时提醒我们这里是一处庄严的场所。守卫员非常友好地跟我们合照，只是不允许摆出夸张的姿势。

拉巴特王宫位于市中心，是典型的阿拉伯宫殿建筑群，是摩洛哥国王办公以及接待外国首脑的地方。皇家卫队的值班士兵非常友好，告诉我们不能在门口停车，不能拍照，请我们到侧门联系参观。王宫周围的岗哨特别多，但是没有驱赶我们，都很友好，我们去的时间不合适没能入内（周一到周五可以入内参观），有点遗憾，只好在外围转了一圈离开了。回国后每次在电视上看到国家领导人去摩洛哥访问，在这个王宫被接待，都有一种亲切熟悉的感觉。

最后一天非常悠闲，为了休整没有什么具体安排，早上再次来到大西洋岸边发呆，回国之前决定拍一组照片记录与大西洋的亲密接触。大西洋的海浪翻卷着浪花，嘭嘭地撞击着岩石，岩石上的我们静静地舒展身体，享受着海风与阳光。

下午经过一小时的车程回到卡萨布兰卡，然后到机场还车。考虑到第二天早上飞机太早，担心还车耽误时间，提前还了车。第二天天蒙蒙亮出门，打的去机场。从市区到机场大约 30 公里，费用 300 迪拉姆。

摩洛哥是一个地貌丰富，自然风光多变的国家，西邻大西洋，北邻地中海，隔直布罗陀海峡与西班牙相望，南界坐拥西撒哈拉。我们通过 15 天的自驾之旅领略了从城市到小镇到沙漠到戈壁到峡谷到绿洲到雪山到森林再到海岸线的风光。每个地方都有鲜明的特色，非常适合自驾游。

我们驶过平原，穿过峡谷，翻越雪山，横穿戈壁，深入沙漠，畅想小城，漫步海滨，游历老城，游览王宫，赞叹花园，感受热情，体会友爱，这一次摩洛哥之旅体验十分美妙。我会很自豪地告诉他人，我去过摩洛哥，这是一个让人永生难忘的国家。

摩洛哥没有太多的商业气息，大部分景点不用门票，善良的人很多；国语是阿拉伯语，通用法语，旅游景点及酒店的人会一些简单英语；与中国的时差为 8 小时，但摩洛哥实行夏令时，夏天会调快一小时；公寓式酒店和民宿挺多，物价不贵，可以时不时自己煮饭（中国肠胃不太习惯摩洛哥饭菜）。真诚地推荐这个美丽热情的旅游国。